AF240077

INVENTAIRE

DES MERVEILLES DV MONDE

Rencontrées dans le Palais du Cardinal Mazarin.

IL n'y a rien qui attire dauantage l'admiration & l'affection des hommes, que les beautez de l'Art & de la Nature. L'artifice d'vn Peintre qui semble forcer la Nature à venir dans ses ouurages, a plus d'appas pour les curieux, que la subtilité & les raisonnemens des Philosophes : & les charmes que l'amour a rencontré dans les desers agreablement affreux, ont attiré les hommes auec plus de facilité, que l'Escole du diuin Platon, qui semble auoit familiarisé auec la Diuinité, pour en apprendre les secrets.

Le desir de voir ces beautez, a fait mespriser aux hommes ce qu'ils auoient de plus cher, & les a poussé à commettre leur vie à l'inconstance de la mer & du hazard. La curiosité leur a donné du mespris pour leur pays, & de l'amour pour les Barbares.

Tous ont esteint l'amour de leurs maisons dans le desir de voir les raretez du monde : Il n'y a que le seul Cardinal Mazarin qui semble auoir appelé dans sa maison l'Art & la Nature auec leurs ornemens; & les auoir côtraint de loger dans son Palais : lequel ie vous prie de considerer auec moy & toutes ses beautez promptement, de peur que quelque Suisse ne nous chasse & rauisse sesr aretez à nos yeux.

Au premier aspect ce superbe Palais, monstre, qu'il ne loge rien que de superbe. Les plus celebres Ingenieurs semblent y auoir laissé toute leur industrie, & l'esprit

A

des plus experimentez Architectes s'y est perdu auec les richesses de la France: en sorte que l'on peut dire:

Omnis Mazaris cedat labor ædibus, ---
Vnum pro cunctis fama loquatur opus.

Entrons dans le Palais. I'aperçois vn Cadran qui montre qu'il n'y a rien icy plus cher que le temps, puis que la France alloit acheter vn million vn seul moment du temps de son Eminence.

Donnons la liberté de nos yeux à la curiosité, qui nous conduit dans vne Sale basse, bien salle à la verité, car vn grand nombre de Statuës y sont vn peu trop au naturel, & la licence de leurs representations blesse les yeux des spectateurs, & semble leur dire, qu'on descouuroit icy les choses les plus cachées dans la Nature.

Mais on oste vn Tapis qui nous fait voir vne Table tant rare que belle: on la nomme *Lapis azurus*, la nacre & l'or enchassez dans cette pierre si bié polie font ignorer son prix. La varieté de ses couleurs rend les regardans variables dans sa consideration, & l'agreable confusion de ses richesses confond leurs regards & leurs esprits.

Les spectateurs sót arrachez de cette Sale pour entrer dans vne autre: la curiosité chasse d'icy toute sorte de respects, & rend les espaces de la porte trop petits. Cette Sale presente premieremét à nos yeux deux rares Cabinets d'Ebene si belle & si luisante, qu'on diroit que ce soit vne glace noire, dót la pureté reçoit nos regards facilement, les conduit par tout, & innocemment descouure les secrets. Plusieurs petits Tableaux enchassez acheuent la beauté de ces deux Cabinets, qui sót portez par quatre petits Lions de cuiure si bien doré, qu'il fait hóte à l'or mesme. Dessus l'vn des deux vne Licorne de mesme matiere que les Lions préd l'essor auec ses aisles, & par son vol artificiel, semble auoir inspiré à ses admirateurs le desir de voler.

Nous quittons ces Cabinets & vn grand nombre de Statuës, dót l'artifice & l'antiquité les fait admirer, sans

pon.

pouuoir les priser pour arrester nos considerations sur vne autre Table, dont la beauté fait mespriser celle qui fait l'ornement de la Sale precedente. Lors que nous la considerons, il nous semble voir vn beau Parterre semé de Fleurs. Il faut aduoüer que l'Art est vn admirable Iardinier, puis qu'il seme le Marbre de Fleurs, d'autant de diuerses couleurs, qu'vn Iardin bien cultiué en peut fournir. La diuersité des couleurs du Marbre artificiel-lement taillé, fait la diuersité des Fleurs. Vne main in-genieuse a contraint la dureté du Marbre de fleurir, & la fermeté mesme de prendre la forme de la fragilité. Les pieces de ce Marbre formées par le trauail en Fleurs, ont vn rapport admirable auec le fond de la Table, qui est de mesme matiere & de couleur noire, pour nous faire paroistre par ce doux mélange & com-bat de contraires couleurs, qu'il faut chercher nostre plaisir dans la meslée, & que nos Felicitez sortent des combats.

Table de Marbre taillée en Fleurs bien rapportées au corps.

Cette Sale nous donne l'entrée d'vne autre où l'An-tiquité semble auoir apporté toutes ses Merueilles. Icy les plus fameux Sculpteurs reconnoissent leur ignoran-ce, le nombre des Statuës leur donne de l'estonnement, & la Sculpture les fait desesperer, de pouuoir iamais porter leur artifice iusques à sa perfection.

Sale des Antiques où il y a vne Statuë seule, qu'on dit couster deux mil escus.

Les François auoient mesprisé tousiours ces Idoles, mais ce pompeux Cardinal les a rendu cheres, en leur faisant bailler de l'or, pour auoir des pierres taillées.

Ie ne m'estonne point de ce qu'il ayme ces figures de marbre; tous les Italiens regardent ces formes in-sensibles comme leurs viues images. Pour leur témoi-gner nostre amour nous desirons, que puis qu'ils ont tant de passion pour du marbre figuré, ils soient chan-gez heureusement en la chose aymée.

La rareté de ces ouurages rencontre des admirateurs, mais elle n'en trouue point tant, qu'vne riche & royale Table, qui estalle au milieu de cette Sale les richesses de l'Orient. Royale à la verité, puis qu'elle a seruy au

Table où les pierres precieuses & l'or font vn agreable mélange.

plus grand des Roys Henry IV. Les pierres precieuses enchassées dans son marbre comme des Astres, ont
eu honte d'auoir de l'esclat dans le Louure, puisque
leur Soleil ny respandoit plus ses lumieres. Elles se
sont eclypsées aux yeux de la Cour dans ce Palais, auec
la sincerité des loix establies par ce vertueux Monar-
que, & la felicité des peuples.

Nostre curiosité ne peut encore se renfermer dans
cette Sale; elle passe dans la Galerie des Antiques. Ro-
me luy a donné ses Empereurs. Alexandre y paroist
auec esclat representé en Porphire: & beaucoup d'au-
tres Statuës d'Albastre y perdent leur blancheur, tant
il est vray que la candeur se pert facilement dans la maison des Grands.

De cette Galerie on monte dans vne autre, que l'Art
& la Nature semblent auoir pris plaisir à enrichir.

Il n'y a rien de plus poly & plus droit que les Cabinets d'Escaille-Tortuë.

Le marbre des Tables semble auoir perdu sa pesan-
teur, pour prendre l'agilité de diuers oyseaux, qui y
sont si bien representez, qu'on diroit que ce marbre tas-
che à quitter sa solidité pour prendre l'essor en haut, ce
qui nous enseigne, que l'Art esleue icy les choses les
plus grossieres au dessus des subtilitez naturelles, &
qu'on a tousiours fait regner dans ce Palais l'artifice.

C'est par son moyen que ce Cardinal a contraint pres-
que toutes les Nations de la Terre à contribuer à l'ornement de cette Galerie.

L'Italie luy a donné ses Statuës, & ses Tableaux. Les
Cesars representez en Porphire, & arrengez icy par or-
dre, font aduoüer qu'il n'y a rien de plus auguste.

Parmy cette Antiquité profane, vn beau & rare Tableau de la Vierge, fait dire à tous que la Pierre est icy
seulement en peinture.

L'Afrique luy a donné son Yuoire pour en faire vn lict,
où l'homme le plus melancholique pourroit endormir
ses soins.

Cabinets
d'Escaille-
Tortuë.

Table de
marbre tail-
lé en forme
d'oyseaux.

Tableau de
la Vierge.

Lict d'Y-
uoire.

Damas s'eſt dépoüillée de ſon Damas, & la Turquie de ſes Tapiſſeries, pour en orner les Chambres de ſon Eminence, dont les lambris ſont d'or, parce que ce puiſſant Genie logeoit touſiours ſes deſirs bien-haut.

Toutes ces richeſſes peuuent bien arreſter nos ſens, mais non pas les captiuer. La Charité a pour eux de plus belles chaiſnes que l'or & l'argent. Icy la Charité les rauit, encore qu'elle ſoit de marbre. La ſtatuë d'vne femme qui ſemble donner la vie auec ſon laict à vn enfant qu'elle ſevre amoureuſement entre ſes bras, repreſente cette noble vertu. Il ſemble que l'amour anime ce marbre, & qu'il luy aye donné la forme de ſon viſage & de ſes yeux pleins d'appas. Le lieu obſcur où eſt cet ouurage accomply, fait croire à tous qu'on condamnoit icy la Charité aux fers & aux priſons : & l'inſenſibilité de ce marbre monſtre que cette Maiſon ne loge rien que d'inſenſible, & que s'il y a de la charité elle eſt de pierre. Statuë de marbre qui repreſente la Charité.

L'Ambition a baſty ce riche Palais, mais la Crainte s'en eſt fait vn autre bien different. Il y a vne Chaiſe dans vn lieu de cette maiſon reculé & obſcur, dans laquelle ſi quelqu'vn s'aſſied, par des reſſorts inconnus, tirant vne corde, il deſcend ou monte ſelon les mouuemés de ſes deſirs ou de la Crainte, les planchers eſtans percez pour cet effet, & pour donner vn chemin libre à la Crainte, qui ne trouue ſon ſalut que dans la fuitte. Cette Paſſion accompagne par tout l'Ambition, elle la ſuit ſur les Throſnes, & la fait regarder en bas & apprehender ſa cheute. Chaiſe du Cardinal admirable.

Fuyons de cette Maiſon, puiſque le ſiege de la Crainte y eſt. Cette Paſſion eſtouffe en nos cœurs la curioſité; nous ne voulons plus conſiderer ces richeſſes que comme vn threſor de miſeres; car parmy ces raretez, le repos y eſt bien rare, & auec cet or on achete bien cher des ſoins & de la crainte. Concluſion morale.

F I N.